Richard Dehmel
Die drei Schwestern

fabula Verlag Hamburg

ISBN: 978-3-95855-013-1

Druck: fabula Verlag Hamburg, 2014

Der fabula Verlag Hamburg ist ein Imprint der Diplomica Verlag GmbH.

Bibliografische Information der Deutschen Nationalbibliothek :

Die Deutsche Nationalbibliothek verzeichnet diese Publikation in der Deutschen Nationalbibliografie; detaillierte bibliografische Daten sind im Internet über http://dnb.d-nb.de abrufbar.

Richard Dehmel

Die drei Schwestern

fabula

„Ja – also – die Geschichte, die ich heut erzählen will", fing der kleine Amtmann bedächtig an, „müßte sich eigentlich so ein richtiger Geschichtenschreiber vornehmen, wenn's was Orndtliches werden sollte; und habe sie sowieso nur stückweise selber mitangesehen, das Meiste von Andern gehört, und da werd'ich wol den Karren nur mühsam vorwärts schieben können. Aber Das sag' ich Ihnen –"

„Na, Sie haben gewiß wieder ein besondres Schrot im Lauf", knurrte der Förster. „Drücken Sie man los!"

Der Buchhändler des Städtchens aber stieß seinen Freund in die Seite, machte ein schlaues Gesicht und sagte überlegen: „Willst wol Spannung erregen, Furchenrath? Kunstkniffe, Kunstkniffe! Kennt man, zieht nicht! Und wenn du noch soviel dazudichtest."

„Diesmal ist das Dichten überflüssig", verteidigte sich der Amtmann. „Trotzdem die Geschichte einfach genug ist", fügte er nach einer Weile ernst hinzu. „Also –"

„Ein'n Augenblick! Erst mal einschenken!" Der Wirt des Gasthauses raffte sich aus seinem Armstuhl auf und füllte die Gläser von Frischem. Dann schloß er die Tür des kleinen Hinterzimmers und schob sich wieder an den Stammtisch. Der Amtmann hatte sich in das alte, hohe Sopha zurückgelehnt; da saß er in sich versunken, wie eine Grille im Sandloch. Es war ganz still in der Stube; man hörte die Flamme am Dochte der verräucherten Hängelampe nagen. Die dreie merkten, daß in dem hagern Männchen heftige Erinnerungen brannten, und seine Stimmung teilte sich ihnen mit.

„Also" – er richtete sich halb auf und strich über sein spärliches Haar – „ja! sehr einfach." Seine fadenscheinige Stimme zerriß fast. „Das Mädchen" – er fuhr sich nochmals über den

Schädel, dann rückte er sich ganz zurecht. „Ja! Als ich sie das erste Mal zu sehen krigte, war mir, als hätt ich sie schon lange gekannt. Und später wurde mir auch klar, woher das kam; denn ihr Tun und Gang und Wesen war, wie man es in den alten Märchen liest.

Ich selbst war dazumal noch so ein rechter grüner Grashüpfer, etwa zwei Jahre älter als sie, eben erst mündig geworden, und sollte grade anfangen, das Gut meines Vaters zu bewirtschaften, nachdem ich mich genugsam draußen umgetan und mein Militärjahr abgedient hatte. Inzwischen war sie von dem Alten eingestellt worden.

Es wußte niemand so recht, von wannen sie stammte; unsre Leute aber sagten immer, sie sei vom „leewen Godd" gekommen.

Und das war so gekommen. Eines Tages hatte sie bei uns angeklopft und einen Dienst begehrt; und mein Vater, der sonst schwerlich etwas doppelt sagte, besonders zu uns Kindern, hat mir zweimal ausführlich erzählt, wie sie ihn so rührend und zugleich doch so gewißlich angesehen, daß er's ihr nicht abschlagen konnte, trotzdem er fast schon überflüssig viel Hände in Lohn zu haben meinte. Am andern Tage hatte dann aus einem katholischen Nachbardorf der Pfarrer ihre Habseligkeiten geschickt; und ab und zu erkundigte er sich, ob sie brav und anstellig wäre. Und so wurde denn zuerst gar Manches unter den Leuten geredet, wenn auch nie, wie sonst gewöhnlich, spitz und hämisch, sondern immer fein behutsam und ins Fromme deutsam, bis man sie zuletzt das Herrgottskäferchen nannte; denn zufällig hieß sie auch Marie. Der Alte aber ließ sich über keinen von ihren Umständen aus; und man fragte ihn nicht leicht, wenn er nicht von selber sprach.

Und bald spürte er auch, daß es Menschen gibt, die niemals überflüssig sind. Und weil sie sich so wacker in Haus und Stall und Scheune umtat und Alles unter ihren Händen in gleichsam sonntaglicher Sauberkeit gedieh, so machte er sie schon nach einem Jahre zur Obermagd, und es war ihr auch diesmal keine von den andern Dirnen gram darum gewesen. Sie waren ihr alle zu Willen, noch eh sie zu befehlen brauchte; so sehr wirkte auf diese einfachen Seelen die sanfte Gelassenheit ihrer Mienen und die stille Bestimmtheit ihres Treibens. Wie sie überhaupt nicht reich an Worten schien. Und doch war nichts Verstecktes in ihr und Nichts, was etwa Andern die Worte benahm. In ihren Augen konnte man ihre Gedanken spielen sehen wie die Fische in einem klaren Teiche; und wem sie so mit ihrer aufmerksamen Freundlichkeit zu Munde hörte, der wurde noch Einmal so wortfroh wie sonst und meinte, wenn er von ihr ging, von ihren Lippen vieles Gute erlauscht zu haben. Wenn's aber an sie trat, daß sie etwas sagen mußte, durfte man's getrost auf die Goldwage legen, und was sie tat, kam aus beiden Armen und stand auf beiden Beinen."

Der Buchhändler hatte schon zweimal gehustet und stark mit den Augen gezwinkert. Jetzt mochte ihm das Loben aber doch zu bunt geworden sein, und er platzte heraus: „Na, du warst wol schön verschossen!" Und der Förster schmunzelte, daß sich ihm die Bartspitzen um die Mundwinkel sträubten. Der Wirt indessen liebkoste gemächlich seine Ohren, gleich Einem, dem schon sehr viel Menschliches das Trommelfell erschüttert hat.

Da merkte der Amtmann, daß er mehr verraten hatte, als er wollte. Aber als ein Mann, der seine Rechnung mit sich fertig hat und mit Ruhe vom Leben sprechen kann, erwiderte er gemessen: „Ja, meine Verehrten, ich habe nach Dieser Keine mehr leiden mögen."

Nun wurden auch die Andern wieder ernst, und der Buchhändler schaute fast ehrfürchtig auf die grauen Haare seines Freundes, der aus Liebe einsam geblieben war, der so verschlossenen Gemütes schien und doch so gern erzählte, und dem zum ersten Male jetzt der Schlüssel seines Innern aus den Fingern glitt.

„Ja, also" – begann er aufs Neue – „ja: ich hatte damals schon manche Schürzenschleife aufgebunden. Denn die Worte sprangen mir seit jeher von den Lippen wie reife Erbsen aus der Hülse, und das haben die Dinger ja gern. Nur dieser vermochte ich nichts Schönes zu sagen, so sehr mir der Sinn danach stand. Das ging aber Allen so; denn sie hatte eine Schwäche."

„Siehst du, Büchermade", wandte er sich an den Freund, „jetzt kommen auch ihre Fehler an die Reihe – oder besser: ihr Fehl. Ja: Eins fehlte ihr, um ganz fürs Leben geschickt zu sein: die rechte Unbefangenheit. Man durfte ihr nicht von ihr selber sprechen; dann wurde sie fast ängstlich, wie eine Schnecke, der man an die Fühler gegriffen hat. Und war dies doch einmal geschehen, so konnte man die Furcht davor noch lange auf ihrem Gesichte lesen, sobald man wieder in ihre Nähe trat. Daher sich jeder bei uns hütete, ihr stilles Wirken zu stören.

So lagen Entschlossenheit und Schüchternheit, Besonnenheit und Zagheit in ihrer Seele neben einander, wie Fäden, die nicht recht zu einem festen Band verflochten waren. Mich aber rührte das vielleicht besonders – und den Vater wol auch, weil meine tote Mutter von ähnlicher Art gewesen war, obschon gesprächiger und weniger zart von Wuchs.

Ja! – Aber Einer lebte doch auf unserm Hof herum, vor dem sie nicht beiseite wich, was immer für Reden er an sie brachte; der Heinrich Wendel. Das kam nun freilich sehr allmählich erst in Fluß; denn dem krochen für gewöhnlich die Worte aus dem Munde wie die Regenwürmer aus der Erde, und daher hieß man ihn mitunter wol den stummen Heinz oder auch – in unsrer Mundart da oben – den Träumling. Er mochte ein gut Jahr älter sein als ich, und wir kannten uns von jung auf. Wir hatten in der Hauptstadt zusammen auf der hohen Schule gesessen, wie sie bei uns das Gymnasium nennen. Allerdings blos in den unteren Klassen, da er in der Tertia hängen blieb und dann abging, um daheim die Raupen unter seinem Flachskopf möglichst unbehelligt weiternisten zu lassen.

Er war nämlich nicht eigentlich dumm, aber hatte immer etwas mehr im Kopf als das, worauf's gerade ankam. Und wenn man eine Frage an ihn tat, dann dämmerte in seinen Augen immer so ein wunderndes Lächeln auf, als ob ein Kind aus Träumen erwacht. Weil er aber ein hübscher Bengel war, hatten ihn die Lehrer gern und schoben ihn anfangs mit fort, zumal er von Zeit zu Zeit eine gute Arbeit lieferte. Die Jungens freilich hänselten ihn wegen seines verlorenen Wesens, und so wurde er so nach und nach noch wortkarger und stillsinniger, als er von Natur schon war; außer daß hin und wieder zu Aller Staunen eine jähe Ausgelassenheit in seltsam kindischen Sprüngen und Tänzen aus ihm herausbrach.

Solch Gebaren überkam ihn noch am Tage seiner Einsegnung – fünfzehn Jahre war er damals –, weil er sich wieder auf seinem Besitztum einhecken durfte; das lag etwa zwei Meilen von dem unsrigen entfernt. Dort lebte er in Gemeinschaft mit seinen drei Schwestern, die sämtlich älter waren als er und ihn sehr verhätschelten. Die Mutter, eine schlichte, nachdenkliche Frau, war schon vor Jahren gestorben – wie man sagte: aus Gram über ihren Mann.

Der war nämlich Einer von den neumodischen Großbauern, denen der gemächliche Erwerbssinn von ehedem im Gewoge unsrer hastigen Zeit so langsam ersäuft, bis sie ihren Reichtum nicht mehr hinterm Pfluge aus dem Acker, sondern auf der Eisenbahn aus den Bankhäusern der großen Stadt holen wollen. Er hatte in amerikanischen Bergwerkspapieren spekulirt und ausnahmsweise Glück gehabt. Zugleich aber hatte die Genußsucht, die hinter dem leichten Gewinn her in die Städte schlich, sein hitziges Blut angesteckt, und man erfuhr, daß er von seinen Reisen meist erst über die Weinstuben und schlimmere Orte hinweg heimkehrte. Und das gab ihm auch den Rest. Denn als er einsmals, in der Dorfschenke, ein Schwindler gescholten wurde, hat ihn in der Wut des Rausches ein unmenschlicher Zorn überwältigt, also daß ein Schlagfall ihn niederwarf, an dem er Tags darauf verstarb."

Jetzt müßigte sich auch der Wirt zu der Erzählung seines Gastes eine Regung des Beifalls ab und machte „Hm, ja!" Auch schien er daran eine Erläuterung knüpfen zu wollen, denn sein Mund rundete sich sacht, als ob er ein Wort auf der Zunge wälzte.

Der Amtmann aber ließ sich nicht stören und fuhr fort: „Bei alledem war er doch altväterisch oder einsichtig genug gewesen – oder zur rechten Zeit unter die Erde gefahren, um das Gewonnene nicht in weiteren Wagnissen zu verzetteln. Vielmehr hatte er's zumeist in Grund und Boden festgelegt und einen stattlichen Besitz von Land und Wiesen um sein Gehöft gesammelt. Und das Anwesen, das er seinen Kindern hinterließ, war der schönste Bauernhof in der Umgegend und konnte sich mit manchem altvererbten Rittergute messen.

Da also machten sich's die vier Geschwister nach dem Tode des Alten bequem. So lange der nämlich lebte, hatte er sie nicht viel um sich gelitten; teils wol, um ungestörter seinen wüsten Sinnen nachzuhängen, vielleicht auch weil er sich im Grunde seines ungezähmten, aber väterlichen Herzens vor den heranwachsenden Töchtern schämte. Vornehmlich aber sollten sie – wie er selbst sich ausdrückte – mit der Welt mitgehen lernen, wovon ja ein Jeder seine eigene Auffassung hat. Und wenn er sich auch selber nicht wenig drauf zugute tat, daß er mit der Mistforke angefangen hatte, und nicht selten mit seiner Unwissenheit und seinen harten Händen prahlte, so sollten seine Kinder doch mal wissen, was vornehme Art wäre; und er träumte gar vielleicht von adeligen Schwiegersöhnen.

Die Fräuleins aber mochten wol der Meinung sein, daß die Wissenschaft und das Weltverständnis, worauf der Alte sie verwies, zur Genüge in seinem Gelde steckten. Denn wie sie aus ihrer Erziehungsanstalt heimkehrten, war nicht viel mehr an ihnen hängen geblieben, als der äußerliche Modekram, allsodaß die guten alteingesessenen Familien, an welche sie sich drängten, ihnen die Lust zu weiteren Besuchen durch einige verbrämte Deutlichkeiten bald benahmen. Und da sie selbst sich für den Umgang mit Ihresgleichen zu fein dünkten, so geschah es, daß sie schließlich ganz auf ihre eigene Vornehmheit angewiesen waren.

Das tat indessen ihrem Hochmut keinen Abbruch; vielmehr beschwerten sie sich selbstgenüglich über den Hochmut oder die Gewöhnlichkeit der Andern und fanden eine Weile reichliche Erbauung an derlei Gesprächen. Wie sie überhaupt so unter sich in merkwürdiger Einigkeit lebten; gleich Ratten, die genug zu fressen haben. Und sie unterschieden sich im Ganzen eigentlich nur dadurch, daß sie nicht desselben Alters waren; sonst eben ließ sich nicht viel mehr von ihnen sagen, als daß sie das Glück hatten zu leben – und Andere das Unglück."

Der Erzähler besann sich, daß er nicht zuviel vorweg verraten dürfte. „Doch", lenkte er ein, „da es nun einmal den Menschen eigentümlich ist, sich betätigen und nach ihrer Weise nützlich machen zu wollen, so wurden sie allgemach des Haderns müde, zumal Keiner da war, der ihnen widersprach, und verfielen endlich auf den Plan, sich der Erziehung ihres Bruders anzunehmen. Denn Der hatte allerdings Behagen blos am Müßiggang; und Sommers lag er lang im Busch oder an den Feldrainen herum und sah den Vögeln und Käfern zu, und Winters hockte er in den Spinnstuben und horchte den Gespenstermärchen und Schauergeschichten der Dirnen und alten Weiber. Außer daß er öfters mit vieler Emsigkeit in abenteuerlichen Büchern schmökerte und den Leuten, was er gelesen, noch abenteuerlicher wiedererzählte."

Hier riß der Buchhändler die Augenbrauen in die Höhe und wollte etwas einwenden. Doch blieb ihm der Widerspruch in den Stirnfalten hängen, da der Amtmann unverdrossen weitersprach, als läse er aus einem seiner Protokolle vor.

„Bedauerlicher Weise, muß ich sagen, wurde er auch nicht unter die Soldaten genommen, indem man bei der Musterung seine Brust zu schwach befand; sonst hätten sie ihn da wol noch ein Bischen zurechtgebogen. Also – von der pfiffigen Betriebsamkeit des Alten schien nur auf die Schwestern je ein Stückchen gekommen zu sein. Und ob auch diese nichts dawiderhatten, daß der Heinz dermaßen seine Zeit vertat – weil er sich's ja leisten konnte, so däuchte ihnen doch, als vergebe er sich etwas durch die Beschaffenheit seiner Neigungen, und sie hätten ihn wol lieber auf den schlimmen Wegen seines Vaters lustwandeln sehen. Daher sie sich die Aufgabe machten, ihm das Bewußtsein seiner künftigen Großgrundbesitzerwürde zu Gemüte zu führen.

Das war nun freilich eine langwierige Arbeit; indes gebrach es ihnen ja gleichfalls nicht an Zeit, und auch an Geduld nicht. Denn sie hatten ihn, wie gesagt, sehr lieb auf ihre Weise, und all ihr Gefühl erschöpfte sich in der Besorgnis um den Bruder, oder richtiger: in den Absichten, die sie mit ihm hatten. Weswegen sie auch umso eifriger waren, ihn nach ihrer Einsicht zu vervollkommnen. Zudem war der Heinz Keiner, der rechten Anlaß bot zu Unmut oder Tadel; eher war er meist von einer unwillkürlichen Nachgiebigkeit und tat oder ließ im Augenblick gern, was man von ihm begehrte, fast wie ein Schlafwandler. Nur daß sie immer wieder das Nämliche an ihm aussetzen mußten.

Und so erreichten sie durch ihren Einfluß bloß, daß sein verworrener Geist je länger je mehr in eine gewisse eigensinnige Schlaffheit versank. Denn um in ihrem Sinne den Herren auszuspielen, dafür war er von jeher zu gleichgiltig gegen das Treiben der andern Menschen gewesen; und von der besonderen Bildung seiner Schwestern hatte er doch wol nicht genug genossen, als daß sie ihn auf diesem Wege zu ihrer Weisheit hätten bekehren können."

Bei dem Worte Bildung war der Buchhändler aufs neue

unruhig geworden und schüttelte höchst mißvergnügt den Kopf, als der Amtmann seiner abermals nicht achtete.

„Um jedoch", sagte dieser rasch, „einen wirklichen Herren seines Gutes vorzustellen, dazu mangelte es ihm am Nötigsten: an Lust und Erfahrung. Und das spürte er auch selbst und scheute sich, seinen Leuten in Wirtschaftssachen dreinzureden.

Einmal soll ihn sogar seine gewohnte Fahrigkeit verlassen haben und soll er ganz wild geworden sein und die älteste Schwester mit einem Messer bedroht haben, als ihn diese gar zu heftig drängte, einen seiner Knechte zu bestrafen; der hatte sie nämlich ausgelacht und ihr erklärt, er ließe sich nur vom Verwalter befehlen. Der Heinz aber, erzählte man im Dorfe, habe sich nach diesem Vorfall mehrere Stunden lang eingeschlossen und immerfort laut mit sich selber gesprochen; und als er herauskam, sei er vor die Schwestern hingetreten und habe ihnen Vieles über Menschenwürde gesagt, vermischt mit Versen von Schiller, die er auf der Schule gelernt hatte.

Seit dem Tage empfanden sie eine Furcht vor dem Bruder, den sie bis dahin immer noch den Kleinen genannt hatten – trotzdem er lang genug war, und glaubten, er sei ein Mann geworden. Daher sie sich von da an scheuten, ihm lehrhafte Vorhaltungen zu machen, sondern alle Pläne, die sie für ihn trugen, so von hinten herum betrieben."

Hier hielt der Amtmann unwillkürlich inne; denn sonderbar röchelnde Töne begleiteten auf einmal seine Worte, und Alle sahen zu dem Wirte hin, der mit gefalteten Händen aus tiefstem Leibe her dem Gott des Schlafs ein Loblied schnarchte. Offenbar aber störte das plötzliche Schweigen seine Andacht. Er richtete sich gähnend auf, und: „Frisches Gläschen gefällig?"

Und während der Förster sich beeilte, das unberührte Glas zu leeren, nahm der Buchhändler die Gelegenheit wahr, auch einmal zu Worte zu kommen: „Du bist heut wirklich sehr ausführlich", krähte er den Freund an, mit widerspenstigen Geberden durch das Zimmer stelzierend. „Überhaupt – woher weißt du denn das alles? Und überhaupt – vorhin, was du da von Bildung geredet hast –"

Doch Der fuhr unsanft dazwischen: „Überhaupt – wem's nicht ansteht, wie ich erzähle, der braucht ja nicht zuzuhören; überhaupt – kann ich ja wol aufhören." Und geärgert verkroch er sich in seine Sophaecke.

Der Wirt aber, der eben mit dem gefüllten Glase des Försters zurückkam, meinte, das bezöge sich auf ihn, und indem er seine fetten Schenkel streichelte und verlegen stehen blieb, sagte er behäbig: „Naa, nicht stören lassen, Amtmann! Hört sich alles – blos Gewohnheit – grade wenn man so eins nickt. Muß man kennen. Gewöhnt sich Alles." Und nach dieser Anstrengung sank er pustend wieder in den Lehnstuhl.

Nun ging auch der Buchhändler ans Begütigen, und der Hang des Amtmanns zum Erzählen tat das übrige, sodaß er wieder aus der Ecke schlüpfte. Und nachdem er kurz vom Bier genippt, schickte er sich an, die Geschichte in seiner umständlichen Weise weiterzuhaspeln. Wozu der Förster befriedigt nickte. „Also von hinten herum", wiederholte er brummend den Erzähler.

„Also von hinten herum, – ja!" bestätigte der Amtmann. „Und auf diese Art brachten sie den Heinz dann auch bei meinem Vater an. Denn allmählich mochte ihnen doch wol ein Licht darüber aufgegangen sein, daß zu einem Gutsherrn noch ein wenig mehr gehöre, als Vornehmtuerei und Befehlerei und kostspielige Vergnügungslust. Und die wachsende Dickleibigkeit ihres Verwalters und die seidenen Staatskleider der Frau Verwalterin mochten ihnen diese Einsicht noch um einiges erleichtert haben, wenn auch ihr Besitztum stark genug war, etliche fette Bäuche und seidene Klunker nebenher zu tragen.

Und so waren sie denn eines Tages bei uns vorgefahren und hatten meinem Vater, der als ein tüchtiger Landwirt weitum bekannt war, mit vielen Schmeicheleien und Höflichkeiten ihre Lage auseinandergesetzt. Und schließlich baten sie ihn fast mit Tränen, sich ihrer Bedrängnis anzunehmen und den Heinz zu vermögen, daß er sich auf unserm Gute in der Ökonomie vervollkommne – wie sie sich ausdrückten.

Wenn nun gleich mein Vater von ihrem Wesen und dem, was man sonst über sie sprach, nicht sonderlich erbaut war, so tat ihm doch das schöne Besitztum leid; und da er außerdem von mir gehört hatte, daß der Heinz ein williger Bursche wäre, wenn man ihn nur recht zu nehmen wüßte, so sagte er zu und beauftragte mich, ihn zu holen.

Dazu war ich denn auch gern bereit, zumal ich dem Heinz von jeher ein gewisses Vertrauen abzugewinnen verstand. Und hatte er einmal seine beredten Anwandlungen, so vermochte ich besser in ihn zu dringen, als insgemein die Andern; auf der Schulbank schon und später noch, wenn ich ihn mitunter in den Ferien besuchte. Und ich bildete mir dazumal nicht wenig ein auf die vermeintliche Kunst, die Menschen nach meinem Willen zu lenken; während es nichts weiter war, als daß ich ihrem Willen in mir Raum gab.

Und so geschah's auch diesmal. Denn der Heinz war froh, sich an was Neuem versuchen zu dürfen, sodaß ich ihm nur mäßig zuzureden brauchte. Ich aber freute mich sehr, daß mir's – so geglückt war. Und so – – kam er zu uns."

Der Amtmann verschluckte einen Seufzer. „Ja! so geht's!" sagte er brütend, und die Andern nickten.

„Ja, also!" er raffte sich auf, „also – nun war er bei uns. Und er ließ sich ja auch ganz gut an. Wenigstens tat er, was man ihm auftrug, ob's schon nicht recht haften wollte. Und wenn er so mit seinem langen blonden Haar und seiner schwarzen Pudelmütze, die er fast nie abtat, durch Hof und Felder schlenderte, glich er eher einem verkleideten Predigtamtskandidaten, der in den Wolken nach Engeln suchte, als dem Sohn eines Bauern.

Dabei aber brachte er's doch fertig, daß ihn Alle wohl leiden mochten; und besonders die Dirnen schickten ihm manchen verstohlenen Blick nach, um so lieber, als er nicht darauf zu achten schien. Das heißt – ich meine nicht – ich will ihm nicht etwa was vorwerfen – nein: er tat wirklich nichts dazu, und in seiner Schweigsamkeit steckte nichts von Berechnung oder Hochmut.

Und vielleicht war sein zwecklos Wesen grade der Grund, weswegen – ja – na ja! weswegen die Marie so nahe mit ihm tat wie sonst mit Keinem; ja. Aber merkwürdig war es doch, wie die Beiden für gewöhnlich so um einander herumgingen, als wären sie Jedes allein auf der Welt, und dann plötzlich mal zusammentraten und ins Reden gerieten, als hätten sie die ewige Seligkeit entdeckt.

Ja – merkwürdig", wiederholte er gedehnt, wie wenn er noch immer drüber grübelte, warum ihm selbst das nicht gelungen war.

„Na! sie paßten ihrer Natur nach doch ganz gut zusammen", bemerkte der Buchhändler wichtig und wackelte ungeduldig mit den Knieen; denn er brannte augenscheinlich schon darauf, daß sein Freund mit der Liebesgeschichte herausrücken würde. Der indessen hatte wol andere Absichten.

„So? meinst du?" fragte er trocken. „Nun ja, sie waren sich ähnlich. Aber Er war ein Mann! Und mich verdroß der ewige lässige Gleichmut seines weichen schönen Gesichtes.

Ja, ein schön Gesicht hatte er," räumte der Erzähler halb geringschätzig sich selber ein. „Das heißt, richtiger müßte man wol schönlich sagen: so wenig Kraft lag darin. Und so'nes rechten, ehrlichen Zornes war er garnicht mächtig; der artete gleich zur Wut in ihm aus, sodaß Alle sich entsetzten, als die auch bei uns ihn einsmals überkam. Da war ihm nämlich oben von seiner Mütze das Pelzfleckchen heimlich abgeschnitten worden; und er glaubte, man hätte ihm einen Schimpf antun wollen.

Ich wußt'es freilich besser." Der Amtmann lachte gewaltsam; es klang fast wie ein Ächzen.

„O ja! Scharfe Augen sind eine verwünscht nützliche Gottesgabe," sagte er bitter. „Ja, also – am selbigen Morgen hatte ich von ohngefähr gesehen, wie die Marie da hinterm Scheuntor das Ding aus der Tasche langte und es so mit einem Blick und einem Lächeln ansah – so – gewissermaßen so wie eine Rosenknospe, die eben aufbrechen will. Und da ich sie genugsam kannte und wohl oder übel einsehen mußte, daß auf diesem Feld kein Weizen für mich wuchs, so biß ich die Zähne zusammen – und hängte meine Hoffnungen an den Nagel – und nahm mir am Abend den Heinz vor – und sagte ihm, was ich gesehen hatte, und was er nun dem Mädchen und seinem eigenen Gewissen schuldig wäre, wenn anders – er nicht vorziehen wollte, sich sofort wieder nach Hause zu scheren."

Des Amtmanns verschleierte Stimme klang noch eintöniger als gewöhnlich, während er diesen mühsamen Satz fügte, und seine Finger zitterten leise, als er jetzt den Schweiß aus seinen Augenhöhlen wischte. Der Förster schaute steif ins Glas. Der Buchhändler freilich musterte enttäuscht die Decke des Zimmers, obschon er gleichfalls schwieg. Der Wirt aber, der noch immer glauben mochte, daß er etwas gut zu machen hätte, wollte dem Erzähler einen Trost vergönnen, und indem er seine fleischigen Hände auf die Tischplatte legte, daß es klatschte, stöhnte er beifällig: „Sehn Sie, Amtmann – Gut! sehr gut! Hausrecht gebrauchen!"

Da mußte denn auch der Amtmann mitlachen, und der Wirt blickte geschmeichelt seiner trefflichen Bemerkung nach.

Und nachdem sie Alle laut zu einem herzhaften Schlucke angestoßen und nach der Befeuchtung durch mehreres Räuspern sich wieder in Sammlung versetzt hatten, fuhr Jener kräftigeren Tones mit gleicher Ruhe fort.

„Also," hub er an, „so wurden sie ein Paar. Denn der Heinz

hatte diesmal gar keine Verwunderung gezeigt bei meinen Eröffnungen. Vielmehr nickte er nur, als hätte er das längst erwartet, und gab mir die Hand, und meinte: Natürlich! – Das war Alles, obgleich er wenige Stunden zuvor getobt hatte, daß ihm der Schaum auf den Lippen stand. Und die Marie – ja – wollt ich sagen, unsre Leute – ja – auch die schienen nichts Verwunderliches drin zu sehen, ob es doch ganz außer Ordnung war, daß ein reicher Erbe eine hergelaufene arme Magd freite.

Nur mein Vater schüttelte zuerst den Kopf. Aber da ihr Vormund, der Pfarrer, eilends seinen brieflichen Segen schickte, ließ auch er der Sache ihren Lauf, zumal die Beiden sich kaum anders geberdeten, als vor ihrer Brautschaft. Die Marie verrichtete ihre Arbeit still für sich hin wie ehedem, und der Heinz hantirte träumerisch auf Hof und Feld herum wie früher; obschon es mir zuweilen däuchte, daß er über einem Entschlusse brütete. Sonst aber schien es, als ob es immer so bleiben sollte.

Denn wenn sie sich auch dann und wann recht zutraulich bei der Hand faßten und manche lange Unterredung führten in irgend einem verborgenen Winkel, so meinte man doch eher zwei Einsegnungskinder zu sehen, die sich über Abendmahl und Beichte und andere Geheimnisse vernehmen, als zwei Liebesleute, die zusammen ihre Zukunft berieten. Allsodaß mir's weniger sauer wurde, dies Alles so sänftlich mitanzuschauen, als ich anfangs gedacht hatte.

Zudem" – der Amtmann stockte einen Augenblick, dann hob er den Kopf und eine herbe Strenge lag in seiner Stimme – „zudem suchte ich einen eitlen Trost in der jungenhaften Überhebung, daß mir's abermals gelungen wäre, dem Schicksal unter die Arme zu greifen. Denn es stand mir außer jedem Zweifel, daß die Marie den Heinz zu einem brauchbaren Kerl zurechtrücken würde. Und indem ich mich des Glaubens vermaß, das Glück zweier Menschen bewirkt zu haben, verbarg ich mir die Ohnmacht meines eigenen Begehrens, und meine Selbstgefälligkeit galt mir für Selbstlosigkeit.

Es kamen aber nach etlichen Wochen doch häufiger und häufiger die Augenblicke, in denen mir bei aller Verblendung nicht recht geheuerlich zu Mute war. Denn es ist das Herz Beides, ein trotzig und verzagtes Ding, wie die Schrift sagt, – und ich überlegte schon, durch welche unverdächtige Lüge ich meinen Alten dazu bringen könnte, daß er mich noch Einmal in die Fremde gehen ließe.

Da war es mir nun eine große Erleichterung, als ich eines Tages – ganz durch Zufall – mitanhörte, wie der Heinz ihr zu verstehen gab, daß er nicht mehr länger bei uns bleiben wolle, und dann in sie drang, ihren Dienst zu kündigen und mit ihm auf sein Gut zu ziehen. Und zwar mußte ihm das wol ganz plötzlich in den Sinn gefahren sein, wenigstens schien er es zum ersten Male zu verlautbaren; denn die Marie zeigte sich über die Maßen erstaunt und machte einige verwunderte Einwendungen.

Und ich selber staunte fast noch mehr, welche Kunst der Überredung dieser zerfahrene Held hier auf einmal von sich gab und mit was für lieblichen Worten er es auszudrücken wußte, wie gut ihm seine Schwestern wären und wie sie sich an seinem Glücke freuen würden. Und als er dann noch ihre Überraschung ausmalte, wenn er unvermutet so als Bräutigam vor ihnen stehen würde, und das so greifbar schilderte, als hätt er's schon erlebt, und der Marie dabei so recht ingründig in die Augen kuckte, da hörte sie blos noch unverwandt zu, und lächelte wie bezaubert, und nickte nur glückselig von Zeit zu Zeit und wunderte sich garnicht, daß er seinen nächsten Lieben noch kein Sterbenswort von Alledem gemeldet hatte.

Ja, und am andern Morgen taten sie auch wirklich meinem Vater ihre Entschlüsse kund. Das heißt" – verbesserte sich der Erzähler zögernd – „eigentlich tat Ich es. Der Heinz nämlich hatte mich vorher bei Seite genommen und mir anvertraut, was ich schon wußte, und mich gebeten, als ihr Wortführer mitzugehen, weil sie Beide, wie er meinte, nicht geschickt genug in solchen Sachen wären. Und wenn ich auch im Stillen glaubte, mir allmählich einen klareren Begriff von seinen verdrehten Eigenschaften gebildet zu haben, und nahe daranwar, ihn für einen ganz durchtriebenen Schelmen zu halten, so wollt ich doch die Eigenheit des Mädchens schonen; denn ich kannte ja ihre Unbeholfenheit in allen Vorfällen, wo sie für sich selber einzutreten hatte.

Und da mich außerdem –" seine Stimme langte wieder ins Scharfe – „ja! da mich meine kleinmütige Anmaßung stachelte, vor den Andern und mir selber meine Rolle weiterzuspielen, so kam es, daß ich mich abermals zum Sachwalter eines fremden, ungewissen Schicksals aufwarf, oder vielmehr brauchen ließ; diesmal freilich mit der unbehaglichen Einsicht, daß Nachgiebigkeit noch nicht Güte ist.

Trotzdem muß ich die Angelegenheit eindringlich genug vorgetragen haben; und mein Vater, der ohnehin wol der Marie nichts in den Weg legen mochte, vielleicht auch froh war, seiner halben Verantwortlichkeit für das sonderbare Brautpaar enthoben zu sein, ging bereitwilliger auf ihren Wunsch ein, als ich vermutet hatte, und stellte ihr sogar anheim, das Gut vor Ablauf ihrer Dienstzeit zu verlassen.

Das schien der Heinz nun wiederum als selbstverständlich erwartet zu haben. Wie ich nämlich merkte, hatte er seine Siebensachen schon zusammengepackt, und auch die Marie machte ihren Koffer noch am selben Vormittag reisefertig.

Darüber waren wir denn doch ein wenig außer Fassung, zumal es ein Sonnabend war und wir mitten in der Ernte standen und jede fleißige Hand doppelt gut gebrauchen konnten. Aber die Marie schien plötzlich nur noch Sinn für ihr neues Vorhaben zu spüren; und es war, als ob ihr ganzes Schaffen unter einem Bann geschähe. Doch da mein Vater sich gewöhnt hatte, sie in allen Stücken gewähren zu lassen, auch wol an seinem Wort nicht drehen wollte, so schwieg er zu ihrer Eilfertigkeit. Im Stillen allerdings wunderte er sich ebenso wie ich über ihre Zurüstungen; denn unsre Geschirre waren sämtlich im Felde beschäftigt, sodaß es uns unklar blieb, wie die Beiden ihre Habe wegbringen wollten.

Zwischen dem Mittagessen aber eröffnete uns der Heinz, daß sie bei dem schönen Wetter die anderthalb Meilen zu Fuß machen würden und daß er gedächte, ihre Sachen am nächsten Tage mit eignem Fuhrwerk abzuholen. Das mochte er sich wol für seinen Überraschungsplan ausgesonnen haben, da er sonst in Allem ziemlich bequem war.

Nachmittags tat dann die Marie noch wacker bei der Arbeit mit, sodaß mein Vater seinen schwachen Verdruß herunterschluckte und auf meine Bitte ihr zu Ehren etwas früher Feierabend läuten ließ. Dann legte sie ihr Sonntagskleid und ihren Brautschmuck an und nahm von den Leuten, die im Hofe versammelt standen, und von meinem Vater Abschied; ich nämlich hatte ihnen schon vorher Lebewohl gesagt. Ja, und der Heinz – mit seinem langen Haar – ging immer hinter ihr her – und nickte jedes Mal, wie sie der Reihe nach an Alle herantrat und Jedem die Hand drückte. Sie sprachen aber Beide kein Wort, und es war so feierlich, daß ein paar von den Dirnen laut aufheulten. Ja, und dann – ja – gingen sie davon – Hand in Hand – wie Kinder –"

Der Amtmann starrte ins Leere, abwesend im Vergangenen unten. „Ja, ein seltsamer Anblick. Der Heinz hatte sich eine lange Haselstaude als Wanderstab zurechtgeschnitzt. Und wie ich so von meinem Giebelfenster aus die Beiden so durch's Hoftor schreiten sah – ihn mit seinem Stecken, sie ein kleines buntes Bündelchen am Arm, da fiel mir auf einmal die Volksweise ein – von dem Schäfer und der verwunschenen Königstochter, und – es schnürte mir das Herz zusammen, als ich – an den Ausgang des alten Liedes denken mußte. Ja, – so schritten sie davon – in den brennenden Abendhimmel hinein – schattenhaft schwarz wie ein Wandelbild, – bis der Wald sie verschlang."

Der Amtmann schüttelte sich auf aus seiner Entrücktheit; eine dicke Schweißperle war ihm die Backenfurchen heruntergerollt. Er musterte hastig die Mienen der Andern, und sein Blick ging unsicher, als besänne sich sein Inneres mit Unwillen auf ihre Gegenwart. Die aber scheuten sich, ihn anzusehen; ein bedrückendes Mitgefühl bog sich zwischen ihnen durch den Raum, eine unbestimmte Erwartung – und auch der Wirt suchte eine Gemütsbewegung zu bemeistern, indem er langsam die Daumen um einander zu drehen begann.

„Ja, also!" ermannte sich der Sprecher und trocknete flüchtig sein Gesicht, „ja – am nächsten Tage also – wollte er ihre Habseligkeiten abholen. Er kam aber nicht. Und am dritten Tage desgleichen nicht. Und wenn ich mir das auch sehr gut mit seiner eigenen Nachlässigkeit zu reimen vermochte, so kannte ich doch die Sorgsamkeit der Marie und fing an, allerlei trübe Gedanken zu spinnen; bis er endlich am zweiten Sonntag nach ihrem Abzug bei uns vorfuhr. Und was ich da in seinem Gesichte las, machte mich noch argwöhnischer: so unstät und verdrossen waren alle seine Geberden, und seine Augen lagen wie erschöpft in ihren Höhlen.

Da ließ es mir denn keine Ruhe, zumal er mir fast ängstlich auszuweichen suchte; und als er losfahren wollte, sprang ich zu ihm auf den Bock und sagte, ich würde ihn ein Stück begleiten. Das konnte er nun nicht wohl abschlagen. Aber ich merkte, daß er die Lippen zusammenkniff, wie er immer tat, wenn er hartnäckig schweigen wollte. Und so saßen wir eine gute Strecke neben einander, ohne ein Wort zu finden, und ich verzweifelte schon daran, etwas aus ihm herauszubringen. Denn auch mir wurde allmählich ganz beklommen ums Herz, und dabei war die Luft so schwül an dem Tage, daß man sich kaum regen mochte; blos daß wir ab und zu uns scheu von der Seite her ansahen.

Auf einmal brach er in ein krampfhaftes Schluchzen und Weinen aus, und ich – na – ich war ein junger Bengel – und – wie gesagt, die Luft war so schwül an dem Tage – und – na ja – da weinten wir Beide um die Wette, – und dann – hat er mir Alles offenbart.

„Donnerwetter!" unterbrach sich der Amtmann und lachte verlegen, während ihm die Augen flimmerten. Von den Andern rührte sich Keiner.

„Schwerenot, es war doch eigentlich selbstverständlich," schimpfte er weiter. „Nämlich: die Überraschung und die Schwestern – das stimmte nicht zusammen. Und auch die Marie – kurz, es war Alles anders geworden, als der Heinz es Sich und Ihr und Mir vorgespiegelt hatte. Und wie er mir dann nach und nach den ganzen Hergang erzählte, da konnt ich nicht begreifen, daß ich mich von seinen Hirngespinnsten überhaupt hatte bestricken lassen.

Die Beiden waren also an jenem Sonnabend garnicht zu Hause angekommen. Unterwegs nämlich waren sie auf den Einfall geraten, für die Schwestern einen Strauß wilde Blumen zu pflücken; und dabei hatten sie sich immer tiefer in den Wald verloren und konnten zuletzt die Straße nicht wiederfinden. Und da sie sich im Dunkeln nicht noch mehr verirren wollten, hatten sie sich schließlich im Moos ein Lager zurecht gemacht und derart bis in den Morgen hinein fest geschlafen. Und der Heinz freute sich wie ein Kind in der Erinnerung an dies närrische Begebnis.

Dann, erzählte er, hätten sie ihre Wanderung fortgesetzt und auch bald auf die Straße zurückgefunden. Und so seien sie fröhlich bis vor das Dorf gekommen. Da habe er noch einen kleinen Umweg gemacht und seine Braut durch die Felder geführt und ihr sein ganzes Besitztum gezeigt. Die Marie aber sei immer stiller geworden, als ob all der Reichtum sie bedrückte; und endlich habe sie ganz verschüchtert seine Hand gefaßt, und so seien sie in das Haus getreten, grad als seine Schwestern zur Kirche aufbrechen wollten. Und ich kann mir wol vorstellen, wie das arme Ding in seinem schlichten Bauernrock, mit dem verwelkten Feldblumenstrauß in der Hand und dem Bündelchen am Arm, vor den geputzten hoffährtigen Damen gestanden haben mag.

Ja, und dem Heinz stiegen die Tränen von Neuem ins Auge, wie er das Übrige so ruckweis aus sich herausholte; und in seiner Stimme bebte etwas wie ein keimender Haß.

Ich mußte aber nach Allem vermuten, daß die Schwestern schon längst Kunde hatten von der Überraschung, die ihnen zugedacht war. Denn als die Marie in ihrer Unschuld auf sie zutrat, um ihnen den Strauß zu überreichen, blickten sie gebieterisch an ihr herunter und wandten sich kurz ab und überschütteten ihren Bruder mit Liebkosungen. Und noch eh der ihnen ein Wort der Erklärung gesagt, und da sie wol den roten Zorn über sein Gesicht fliegen sahen, stürmten sie auf die Marie mit ihrem Geschwätze ein, und sprachen sie als gnädiges Fräulein an, und redeten von einem großen Glück und einer hohen Ehre, aber alles so, daß nur sie selber wußten, auf wen sich das bezog und ob sie es im Ernste meinten oder im Spott. Und dazu fuchtelten sie mit ihren Sonnenschirmen und Gesangbüchern um sich her, als wollten sie sich eine Berührung vom Leibe halten. Und plötzlich machten sie eine tiefe Verbeugung vor dem ganz und gar verwirrten Geschöpf und hauchten eine Entschuldigung, daß sie sich im Dienst des Herrn nicht stören lassen dürften, und umarmten und küßten abermals den Heinz, und dann rauschten sie erhobenen Hauptes hinweg.

Und so trieben sie's dann weiter, ohne daß der Heinz ihnen beikommen konnte. Denn die Befürchtung, die ihn so lange auf seinem Gut zurückgehalten hatte, das Gebaren der Schwestern werde in offene Feindseligkeit umschlagen, erfüllte sich nicht. Vielmehr überboten sie sich gegenseitig an auserlesenen Liebenswürdigkeiten im Verkehr mit dem Mädchen; und der Heinz konnte sich's garnicht erklären, warum sich ihre Worte in seiner Erinnerung so scheel und gehässig ausnahmen, während sie beim Anhören eitel Freundschaft zu atmen schienen.

Und ich selbst bin heut noch überzeugt davon, daß sie nichts Böses zu tun vermeinten, und glaube darum wohl, daß sie sich gar freimütig vor ihrem Bruder bewegt haben mögen, ob sie gleich sicherlich all die hochtrabende Herablassung, mit der sie das Mädchen quälten, genau beredet und berechnet hatten. Ja, sie waren allerwege nur darauf bedacht, ihm zu seinem Glücke zu verhelfen, und meinten ihn gewiß durch eine fromme List vor einem großen Unglück und schmählicher Unehre zu bewahren.

Auch will ich mir, nach soviel Jahren, gar nicht mehr verhehlen, daß diese verbildeten Frauenzimmer in ihrer Dünkelhaftigkeit unmöglich ein Empfinden für den Kern und Wert dieses einfachen Menschenkindes haben konnten; und so urteilten sie wol wie jener Krämer, der den Wein nach Ellen messen wollte. Und indem sie immerfort betonten, die Marie die sei doch keine Magd, die am Gesindetisch essen müßte, bildeten sie sich vielleicht noch ein, ihr eine unverdiente Gnade zu erweisen, während sie zugleich mit hämischem Behagen das schlauste Mittel trafen, ihren schlimmen Willen durchzusetzen.

Denn die Marie, in ihrer unklaren Herzenseinfalt und demütigen Befangenheit mußte sie natürlich wol zu Anfang in solchem Aufwand geschraubter Redensarten eine höhere Stufe der Gesittung vermuten; und bei ihrer eifrigen Geduldsamkeit meinte sie vielleicht durch eine rastlose Dienstbeflissenheit ihren Unwert ausgleichen und das Wohlgefallen ihrer vornehmen Verwandtinnen erwerben zu können. Und darum war sie schon am zweiten Tage emsig wie immer an die Arbeit gegangen und hatte geschafft und gefördert und nach dem Rechten gesehen – was wol sehr not tat in dieser verwahrlosten Wirtschaft; und auch dort hatten die Leute sich willig ihren Winken gefügt, ob auch der Verwalter bei den Schwestern Klage darüber zu führen suchte.

Durch solches Wirken aber machte sie den Riß nur immer breiter; denn nun begannen die Schwestern ihre dienstbarliche Tüchtigkeit, wo immer, zu beloben und über die Maßen hervorzukehren. Und indem sie zugleich, besonders vor dem Bruder, mit halben Anspielungen bedauerten, daß sie leider sonst so wenig sich zu schicken wüßte, schoben sie das Mädchen scheinbar unabsichtlich immer leichter in die Stellung einer Magd herab.

Die Marie aber wurde immer schweigsamer unter dem Eindruck dieser Wirrsäligkeiten. Und als der Heinz sie eines Besseren bedeuten wollte, wehrte sie ihn sacht mit ihrer sanften Entschiedenheit von sich. Denn ihr gesundes Gefühl mochte sie gar bald belehrt haben, daß all das Gespreize der Schwestern einer unversöhnlichen Widersacherei entsprang, und daß sie selbst mit Allem, was sie tat, nur Wasser auf ihre Mühle schüttete. Und dem Heinz dies zu klagen und dadurch Zwietracht zwischen den Geschwistern zu stiften, das widerstand wol ihrer graden Seele und kam ihr gar vielleicht nicht einmal in den Sinn.

Und so gingen denn die Beiden bald verstört und sprachlos um einander herum, ähnlich wie es ehemals bei uns gewesen war, wenn sie sich nicht ganz allein und unbeobachtet wußten. Und die Marie vergrub sich immer tiefer in sich selbst und ihre Hilflosigkeit, und ging fast wie zum Troste immer eifriger der Arbeit nach, je mehr die Schwestern sie mit ihren selbstgefälligen Gewissenlosigkeiten peinigten und sich mit ihrer seichten Wohlerzogenheit und ihrem Bildungswortkram vor ihr brüsteten." Der Amtmann wurde immer spitzer im Gesicht, und sein Zeigefinger spießte seine Worte gleichsam auf.

„Der Heinz aber –" wollte er fortfahren; doch plötzlich schnellte der Buchhändler auf ihn los, als ob es ihm auf seinem Stuhl zu heiß geworden wäre. „Höre mal, erlaube mal, nimm mir's nicht übel!" überstürzte er sich und würgte die Worte heraus wie etwas Bitteres, das ihm schon lange auf der Zunge brannte: „aber wirklich, es scheint, du willst hier gegen die Bildung sprechen! Und die Schwestern – na ja: da bist du doch auch blos Partei und hast dir das alles zusammenclaviert!" Und dabei sah er den Erzähler mit würdevoller Entrüstung, doch gleichsam abbittend an.

Durch des Amtmanns verwitterte Züge flüchtete ein schwaches Lachen, halb spöttisch, halb grimmig. Dann sagte er trocken: „Die Bildung geht ihren eigenen Gang. Ich erzähle ja blos. Und die Bildung, die Du wol meinst, wird darunter nicht leiden! – Übrigens könntest du endlich deinen Schnabel halten," setzte er freundlicher hinzu, den zweiten Vorwurf nicht beachtend; worauf sein kritischer Zuhörer sich achselzuckend beruhigte.

„Also was ich sagen wollte – ja! der Heinz aber wähnte, und das ließ er sich nicht ausreden, daß seine Schwestern es mit der Marie ebenso ehrlich vorhatten, wie mit ihm, und daß sie blos den rechten Ton zu ihr verfehlten. Und darum hatte er, Tags bevor er zu uns fuhr, einen Versuch gemacht, ihnen eine Vorstellung von den Eigenschaften seiner Braut zu geben.

Aber Die hätte wol ein Engel vom Himmel nicht belehren können, so durchdrungen waren diese drei Gebildeten von dem Bewußtsein ihrer Weisheit und Unfehlbarkeit; und wenn sie einmal einem Andern im Gespräch das Wort vergönnten, so geschah es höchstens, um sich auszuruhen und alsdann mit frischer Lunge ihr altes Geträtsche noch breiter zu trätschen – wie Hunde, die in Einem fort ihr eigenes Echo anbellen.

Und so hatten sie denn auch dem Heinz nur immer mit denselben Lobpreisungen und Bedauerungen über die Marie erwidert; bis er endlich wütend aufgesprungen war und ihnen drohend befal, das Mädchen überhaupt nicht mehr mit Redensarten zu behelligen.

Das flößte mir nun gleich schon damals eine unklare Besorgnis ein; und ich machte ihm auch, so sauer mir's ankam, einige Einwendungen gegen seine Schwestern. Er achtete aber nicht darauf, und schließlich gab er mir ganz kurz zur Antwort, und mit einem merkwürdig mißtrauischen Blick, er wüßte, wie gut sie's mit ihm meinten. Und als ich eine Andeutung fallen ließ, ob es nicht besser wäre, wenn die Marie bis zur Hochzeit wieder her auf unser Gut zöge, wies er das noch einsilbiger zurück; und dabei flog durch seine Augen so ein böser, funkelnder Schein, daß mir däuchte, er habe mehr aus mir herausgefühlt, als ich selbst mir dazumal gestehen mochte. Allsodaß ich mich nicht recht getraute, weiter in ihn zu dringen, und es erleichtert hinnahm, als er mir aufeinmal einen schnellen, wortkargen Abschied bot.

„Und dann" – der Amtmann nickte trübe vor sich hin – „ja dann vollzog sich eben das Unvermeidliche an ihr; wie an einer jungen Pflanze, die in ein feindliches Erdreich gesetzt wird.

Damals freilich war ich noch zu unreif, all das Unheil zu durchschauen, und verschloß mich wol sogar gegen meine Ahnungen, und betrog mich mit der Hoffnung, daß der Widerspruch der Schwestern vor der Sprache der Natur doch am Ende würde verstummen müssen. Wie ja auch die Hunde ihr Gekläff einstellen, wenn sie ihren Unverstand bemerken. Denn daß wir Menschen allemal in unsre Unvernunft verliebter sind als das liebe Vieh, das hab ich erst verdammt allmählich einsehn lernen", schloß er bissig seine Abschweifung.

„Ja – also – ich kundete aber doch verstohlen ab und zu die Leute aus, die etwa so vom Dorf zu uns herüberkamen, wie's dort drüben stände. Denn das absonderliche Liebesverhältnis war natürlich bald ruchbar geworden und wurde viel betuschelt und bezischelt, wenn es auch bezeichnend war, daß niemals eine ungezieme Rede über die Beiden geführt wurde. Sonst indessen konnte ich zunächst aus Allem nur entnehmen, daß die Marie noch immer in ihrer unzugänglichen

Rastlosigkeit beharrte, während der Heinz immer verdrossener und verdüsterter wurde und oft Tage lang auf seinem Zimmer brütete oder einsam im Walde herumstrich.

Die Schwestern nämlich hatten sich mit seinem Befehl, die Marie in Ruhe gewähren zu lassen, scheinbar völlig ausgesöhnt; und nach Allem, was sie schon erreicht hatten durch ihre Anschläge, mochten sie im Stillen wol sogar erfreut davon gewesen sein. Denn da die Ärmste ihren Bedrängerinnen je länger je stiller nachgab und auswich, so erkannten sie gewiß, daß sie vor dem Heinz sich auf die Dauer und ohne Nachteil doch nicht würden behaupten können in ihrer augenfälligen Verfolgung. Und obenein empfanden sie wol eine Art von Furcht vor der schüchternen Tapferkeit des Mädchens, die ihnen um so unbehaglicher sein mußte, als sie sich in ihrer natürlichen Herzensarmut und angenommenen Aufgeblasenheit keinen rechten Vers daraus zu machen wußten.

Denn auf diese gewöhnlichen Seelen wirkten überall und immer nur die Unvollkommenheiten ihrer Mitmenschen. Und indem sie die nach ihrer eigenen Natur auslegten, schöpften sie aus solcher Übersetzung fremder Schwächen ins Gemeine die sichersten Gifte der Gegenwirkung – und meinten wol noch gar, sich mit Fug und Recht gegen die hochmütigen Absichten einer verstockten, bettelstolzen Dirne zu wehren.

Und so verfielen sie darauf, in ihrer und des Bruders Gegenwart eine wehleidige Niedergeschlagenheit zur Schau zu tragen und sich mit gepreßten Seufzern als die ganz Zurückgesetzten und Geduldeten aufzuspielen und bei Allem, was sie mal Besondres wollten, zu bemerken: wenn es nicht den Wünschen des Fräulein Braut zuwiderwäre. Die Hochzeit aber hintertrieben sie von einem Monat zum andern, indem sie selbst die Beiden mit verleidender Aufdringlichkeit darüber zu befragen pflegten und sich die Ehre nicht nehmen lassen wollten, die Aussteuer der künftigen Gutsherrin schwesterhändig zu besorgen. Wobei sie dann natürlich gleichfalls nicht verfehlten, allerlei Vermutungen über ihr eigenes Schicksal nach vollzogner Heirat einzuflechten.

Das erfuhr ich freilich meistenteils erst später. Aber einzig so geschah es, daß sich die Marie mit ihrer stummen Geschäftigkeit gleichsam wie mit einer Schutzwehr umgab und sich, so weit es nur anging, zum Gesinde hielt, das ihr voll gutmütiger Teilnahme ihre Eigenheiten nachsah und sich ihrer Tüchtigkeit unwillkürlich beugte. Und die wie eine Sommerwolke leicht und schwebend von uns fortgezogen war, unser Herrgottskäferchen, die schwankte nach und nach so blaß und trüb und matt dahin, daß man sie dort bald nach einem hergebrachten Volksvergleich nicht anders als die Waise nannte. Und der Heinz in seiner unstäten Laschheit schien sich vergebens den Kopf zu zergrübeln über die Umwandlung ihres Wesens oder eine Rettung aus dieser Not.

Und als nun dergestalt die Schwestern sie einander immer mehr entfremdet und das Mädchen immer scheuer und ihren Bruder so mürbe gemacht hatten, daß er schon merken ließ, sie hätten wol in Manchem nicht ganz Unrecht, da nahmen sie die Zeit wahr, ihn mit kräftigeren Listen zu bearbeiten.

Es verbreitete sich nämlich das Gerücht in der Gegend, die Geschwister wollten ihren Hof verkaufen. Ob dies nun die Schwestern hinterrücks mit Hilfe des Verwalters in Umlauf gesetzt oder ob sie den Heinz durch neue Sticheleien über die Gemütsart seiner Braut und die Unzuträglichkeiten einer gemeinsamen Wirtschaftsführung gewissermaßen von selbst auf den Gedanken gebracht hatten: jedenfalls, nach seiner Art, wird er ihn wol unbesehn wie einen Wink des Himmels begrüßt haben. Und dann hat er sich gewiß mit blindem Willen wie ein Maulwurf in den Plan hineingewühlt, ohne auf Umstand und Wirklichkeit zu achten und ohne zu prüfen, ob er Ziel und Wege nach dem eignen Nutzen richtete oder sich von Andern sanft in eine Falle locken ließ.

Denn sosehr ich damals selber alles Gute von dem Vorhaben hoffte, so fest steht mir heute, daß es seinen Schwestern nun und nimmer ernst damit gewesen ist, sondern einzig und allein darum zu tun war, den Heinz aus dem Gehege zu schaffen und völlig freie Bahn für ihre herrschsüchtigen Ränke zu gewinnen. Genug, es war Anfang Dezember desselben Jahres, als es plötzlich hieß, er sei mit dem Verwalter in die Hauptstadt gereist, um die nötigen Unterhandlungen über den Verkauf des Gutes einzuleiten.

Es wurde aber zugleich von einem erschütternden Auftritt erzählt, der sich bei seiner Abreise ereignet hatte." Der Amtmann hielt inne und drückte die Fingerspitzen an die Schläfen, wie wenn er sich zum Gleichmut zwingen wollte. „Ja, es war zum Grauen!" sagte er mit fast erstickter Stimme, als hätte er es selbst mitangesehen oder jahrelang in seiner Erinnerung gleich einem Erlebnis überdacht und ausgestaltet.

„Ja – also – der Heinz hatte schon von Allen Abschied genommen und wollte eben aus der Haustür treten, als die Marie, die bis dahin ganz ruhig gewesen war, auf einmal ins Wanken kam und über die Schwelle hin, ihm nachstürzte und sich an seine Füße hängte und schluchzend und jammernd immerfort nur seinen Namen schrie. Und als er sie emporzog und zu trösten suchte, flehte sie ihn mit gebrochnen Lauten an, er solle sie nicht verlassen; und wenn er ihrer überdrüssig sei, nur ein „lütt, lütt Woort" solle er dann sagen, und sie wolle selber gehen; sie sei ja nur ein armes Weib, ein armes Weib, stammelte sie vor sich hin, und dabei sank sie wieder, in die Knie knickend, aus seinen Armen auf die Erde.

Der Heinz aber habe wie entrückt seine Hand auf ihren Scheitel gelegt und sich hoch und teuer verschworen, daß sie ihm das Liebste wäre und in seinem Schutze stände und niemals an ihm zweifeln dürfte. Und mit glühenden Augen um sich sehend, drohte er Jeden erwürgen zu wollen, der ihr etwas Leides antun würde. Dann hob er sie von Neuem zu sich in die Höhe und küßte sie mit feierlichem Munde und

31

versicherte, daß er nur um ihretwillen von ihr gehe und in wenigen Tagen zurückkehren werde; und die Dorfleute verwunderten sich nachher, daß die Beiden gar nichts miteinander über diese Dinge beraten hatten. Es sagten aber Alle, die dabei gewesen waren, daß ihnen bei den Worten des Heinz ein Bangen angekommen sei wie in der Kirche, und sogar die Schwestern hätten sich vor seinen Blicken abgewandt.

„Die!" knirschte der Amtmann, und die Andern hörten, wie sich seine Zähne aufeinander drückten.

„Ja – und die Marie –" preßte er mühsam heraus, „die Marie, gefaßt und ruhig wie zuvor, als hätte seine Rede sie gefeit, hat sich sanft von ihm losgemacht – und ein leises Lebewohl gesagt – und – mit zuckenden Lippen – ihm noch einmal zugenickt; ja, und dann – dann haben sie sich – nicht wiedergesehen."

Die Zuhörer schauten überrascht und fragend den wunderlichen Erzähler an, der ihrer zu vergessen schien. „Ja richtig! ihr könnt ja nicht wissen", erinnerte er sich und hob mit tiefem Atemzuge die vorgesunkenen Schultern zurück.

„Ja: es vergingen nämlich nicht Tage, sondern Wochen, ohne daß der Heinz mit seinen Absichten zu Rande kam. Denn dazumal, vor den siegreichen Kriegen, war es nicht so leicht, ein großes Habtum unter annehmbaren Bedingungen loszuschlagen, wie in unsrer unternehmungswütigen und kauflustigen Zeit. Und obenein war der Heinz, bei seiner Unerfahrenheit in jeglichem Geschäft, gänzlich in die Hand des Verwalters gegeben, der gegen das Mädchen auch wol nicht die freundlichste Gesinnung hegte. Und wenn ich auch nicht annehmen mag, daß selbiger bewußt und überlegt an Einem Strange mit den Schwestern zog, so weiß ich doch nach Allem, was ich später von ihm selbst ausforschte, daß sie ihm in Hinsicht auf den Abschluß des Verkaufes genaue Weisungen gegeben hatten, die zum mindesten eine rasche Erledigung der Sache unmöglich machten. Und da auch seine eigne Stellung auf dem Spiele stand, so wird er sich des Auftrags eben noch saumseliger angenommen und den versessenen Eifer seines Herrn unmerklich blos zu einer sehr willkommenen Erholungsreise ausgebeutet haben.

Die Schwestern aber, je näher sie auf diesem Wege die Erfüllung ihrer Wünsche rücken sahen, um so mehr verbissen sie sich noch, naturgemäß, in ihre Feindseligkeit; und je passer ihnen die Umstände zu Hilfe kamen, desto mehr verhärteten sie sich in ihrer dummstolzen Bosheit und Niedertracht. Und hatten sie das Mädchen bis dahin blos heimlich gequält, so schlug jetzt ihr Getue in offenbaren Hohn um; allsodaß die Wehrlose sich in Kurzem ganz und gar zu den gedungenen Mägden hielt.

Und nun beklagten sie sich vor dem Bruder in häufigen Briefen über die Verschlossenheit und unverwandtschaftliche Kälte der Marie, während Diese umso ängstlicher vermied, ihr Verhältnis zu den Schwestern vor ihm zu berühren, und in blindem Vertrauen auf seine Abschiedsworte das Schreiben lieber ganz einstellte, zumal sie überhaupt nicht sehr bewandert mit der Feder war. Ja, nachmals hat mir der Verwalter den letzten Brief an ihren Bräutigam gezeigt, worin sie ihn mit ungelenken Worten bat, doch Geduld mit ihrer „Neddertracht" zu haben und sie nicht „so swer" mit Fragen zu bedrängen. Die Schwestern freilich ließen sich's nur um so angelegener sein, ihn mit ihrem Geschreibe zu verstören. Und so kam das Weihnachtsfest, und der Heinz hatte immer noch nichts ausgerichtet in der Hauptstadt; und es hieß, er werde schwerlich vor der zweiten Woche des neuen Jahres zurückkehren.

Damals war in unsrer Gegend noch die fromme Sitte heimisch, daß die Herrschaft den Christabend gemeinsam mit den Leuten feierte; und auch die Schwestern hatten es, trotz ihrer Aufgeklärtheit, noch nicht recht gewagt, mit diesem ehrwürdigen Brauche zu brechen."

Die Stimme des Amtmanns zitterte vor Erbitterung. „O

es war viehisch," fuhr er außer sich auf, „wie sie das Fest der Liebe mißbrauchten!

Also – ja –" er bezwang sich – „das ganze Gesinde war versammelt zur Bescherung, und die Frau des Verwalters dazu, und der Baum brannte schon, und Allen schon hatten die Schwestern einen Platz am Weihnachtstisch und ihren Teller angewiesen; nur die Marie stand noch immer abseits von der Freude der Andern und starrte unbeachtet auf die Diele, sodaß es plötzlich stille wurde in der Stube und die Leute betreten bald ihre Herrschaft, bald das Mädchen musterten. Darauf aber schienen Jene blos gewartet zu haben, und während Jeder sah, wie die Bestürzte mit Tränen kämpfte und abwechselnd rot und blaß wurde, schritt die Jüngste von den Schwestern plötzlich auf sie zu, und griff sie lachend beim Handgelenk, und zog sie ans andere Ende des Zimmers, wo auf einer Hutsche die Postkiste stand, die der Heinz seiner Braut aus der Stadt geschickt hatte. Oben drüber aber hatten die Dreie eines ihrer schon getragenen Seidenkleider ausgebreitet, und das boten sie dem armen Geschöpfe, das vor Schimpf und Scham zu vergehen meinte, zum Christgeschenk und als ein Stück der Aussteuer; sie würden's aufarbeiten lassen.

Und die Qual dieser Augenblicke und die Wehmut der heiligen Stunde und all der stumm verwundene Gram der vergangenen Wochen haben da wol auf Einmal dies zermarterte Herz überwältigt, und in der Verzweiflung der Demut hat sie sich niedergeworfen vor ihren Peinigerinnen, und hat sie um Erbarmen angefleht, und hat ihnen jeden Gehorsam versprochen – nur Erbarmen sollten sie üben – und hat sich losgesagt von ihrer Liebe – sie sei ja nur ein armes Weib; und über ihr, aufrecht, standen die Schwestern und horchten nickend ihren Jammer an, wie Richter, die ein Geständnis abnehmen, und belehrten sie noch über ihre Fehler, die Schamlosen, und belobten sie mit Gnadenmienen, daß sie endlich zur Einsicht gelangt sei. Und während das Gesinde murrend aus der Tür schlich vor diesem Schauspiel schmach-voller Eitelkeit, lag sie den Menschern noch immer zu Füßen, stammelnd und wimmernd, sie sei ja nur ein armes Weib, ein armes Weib, als gäb'es für sie blos dies eine Wort, all ihre Not und Ohnmacht zu begreifen."

Des Amtmanns Sprache wurde immer schwerfälliger, und man sah, daß es ihm Anstrengung kostete, seine Ruhe zu be-wahren. „Een arm Wiew!" wiederholte er für sich, die Worte gleichsam stöhnend. „Aber diese Frauenzimmer" – stieß er zornig heraus – „wußten wol von Damen und Herren – und Knechten und Mägden, ja! Aber was wußten Die von Mann und Weib?!" Den Erzähler faßte ein Ekel und er spie auf die Erde.

„Ja – also – die Geschichte ist bald zu Ende", suchte er sich zu beschwichtigen. „Also – nach jenem Abend sind sie der Marie scheinbar nicht weiter in den Weg getreten; und diese hat sich an den folgenden Tagen ratlos und rastlos von Arbeit zu Arbeit geschleppt, ihre letzten Hoffnungen – denk'ich mir – an die Rückkehr ihres Bräutigams hängend.

Inzwischen aber, am ersten Weihnachtsmorgen, hatten die Schwestern dem Heinz einen Brief geschrieben, worin sie ein trügerisches Spiel mit der Wahrheit trieben – das heißt, nein, ich will ihnen nicht Unrecht tun – vielleicht haben sie sich's wirklich eingeredet – also kurz: sie beriefen sich darin auf das Zeugnis der Verwalterin und des ganzen Gesindes, daß die Marie – – ihn nicht mehr liebe. Und zugleich schmeichelten sie ihm, daß er das schon längst, gleich ihnen, selbst erkennt haben würde, wenn er sich in seiner blinden Treue und Eh-renhaftigkeit nicht mit Vorsatz dagegen verschlossen hätte.

Und der Heinz –" der Amtmann rang nach Worten, „der Heinz – ob er sich das nun in seinem eigenen phantastischen Gehirn zurechtgebrütet hat, um ihre Treue zu prüfen, oder ob die drei Nattern ihm auch Das heimtückisch eingezischelt haben: der Heinz, dieser Unglücksnarr, in seiner blödherzigen Unsinnigkeit hat er sich hingesetzt und hat dem Mädchen geschrieben, er entbinde sie ihres Schwures, wenn sie glaube, sich in ihm getäuscht zu haben."

Der Amtmann sprang vor übermächtiger Erregung plötzlich auf, sodaß der Wirt ihn erschrocken anblinzte und sich schützend die Hände vor den Leib hielt. Aber es lachte diesmal Keiner. Nur der Sand auf der Diele knirschte; laut und hart. Der Sprecher trat an den Ofen, in den dunklen Hintergrund des Zimmers; vielleicht war er auch blos Deßhalb aufgestanden.

„Ja – und die Marie", fuhr er beinahe flüsternd fort, „zwei Tage vor Sylvester hat sie den Brief erhalten, als sie grade auf der Tenne Korn zum Dreschen an die Leute ausgab. Da hat sie ihn mit zitternden Fingern erbrochen, und aufeinmal ist sie lakenweiß geworden und hat mit einem krampfigen Ruck sich vor die Brust gegriffen und leise klagend ihr Kinn auf die Forke gestützt. Sie wollte sich wol aber vor dem andern Volk bezwingen, denn sie richtete sich gleich darauf jählings ganz und gar in die Höhe; aber ermattet von Kummer und übermäßigen Anstrengungen, hat sie's nicht ausgehalten, und mit den Armen hoch in die Luft schlagend ist sie ohnmächtig auf das Stroh zusammengesunken.

Dann haben die Dirnen sie auf ihr Kämmerchen ins Bett geschafft und haben die Schwestern gerufen und ihnen den Brief gegeben, weil sie wol hofften, ihr Gewissen damit zu rühren. Auch haben sich die Drei zuerst sehr wehleidig angestellt; da indeß das Mädchen bald wieder zu sich kam, beruhigten sie sich und meinten beim Weggehn, es werde schon alles zum guten Ende gedeihen. Die Marie nämlich hatte erklärt, sie fühle sich wieder ganz wohl; und dabei sollen ihre Backen so frisch und rot geleuchtet haben, wie in der ganzen letzten Zeit nicht. Und nachdem sie den Brief wieder an sich genommen, bat sie mit flehendem Lächeln, man möchte sie allein lassen; und dann – ist sie in tiefen Schlaf gefallen."

Der Erzähler stockte einen Augenblick. „Und während

sie schlief" – seine Stimme klang hohl und rauh, als spräche er mit jedem Worte eine Anklage – „während sie schlief, ist Eine von den Dreien in ihre Kammer geschlichen, und hat das Bild des Heinz, das unter einem Immortellenkranz zu ihren Häupten an der Wand hing, herabgenommen und an dessen Stelle jenen Brief gehängt, und drüber – einen Kranz von Heu! Denn so fanden es am andern Morgen die Leute.

In der Nacht aber – die Marie – ja – sie wird's eben entdeckt haben, und der gräßliche Hohn hat sie von Sinnen gebracht, und da ist sie hinausgelaufen und hat in den Bach springen wollen. Ja: eine alte Frau aus dem Dorfe hat sie gesehen, wie sie in ihrem weißen Unterkleid am Ufer herumirrte, und hat gemeint, es wäre ein Gespenst. Es mag sie aber doch gegraut haben vor der Sünde und dem eisigen Wasser, und so ist sie umgekehrt, und am andern Tage – in der Frühe – fand man sie – am Hoftor lag sie – tot. Da wird wol eine neue Ohnmacht über sie gekommen sein, und dann ist sie in der kalten Winternacht verklamt. Freilich, die Leute sagten nachher, sie sei an gebrochenem Herzen gestorben; doch erklären ja die Ärzte, daß Solches nicht möglich sei.

In der rechten Hand aber hielt die Leiche etwas fest umklammert; und als man ihr die starren Finger auseinanderbog, fiel ein kleines schwarzes Pelzfleckchen in den Schnee."

Die Stimme in der Ecke verstummte, und die kleine Gestalt am Ofen stand eine Weile regungslos, und Keiner schien zu atmen. Dann knirschte der Sand auf der Diele unter langsamen, mühsamen Schritten, und der Amtmann ließ sich wieder in das Sopha sinken. Auf seiner breiten Stirn lag der Schweiß jetzt so dicht wie ein Schleier von Tau, und die Aderstränge seiner sehnigen Hände waren noch dicker als sonst.

„Teufel!" sagte er heiser; „und ich dachte, daß ich's ganz verwunden hätte." Er wiegte grübelnd den Kopf.

„Lange genug ist's her, seit wir sie begraben haben", fügte er weicher hinzu, mit einer schlichten Ergebenheit im

Ausdruck. „Ja, ich war auch hinübergefahren, ihr die letzte Ehre anzutun. Es war ein stolzes Leichenbegängnis, das die Schwestern zugerüstet hatten, und wol das ganze Dorf war mit auf den Kirchhof gezogen. Und unter den Weibern war gewiß keine, der nicht die Tränen ins Auge schossen, als der Heinz wie zerbrochen dem Sarge nachwankte. Und als er stieren Blickes an die Grube trat, um die erste Erde hinab-zuschütten, und dabei zusammenknickte und den Schollen nachgestürzt wäre, hätte ihn der Totengräber nicht zurückge-rissen: da ging ein Schauder durch die ganze Versammlung. Blos die Schwestern standen tränenlos – unbewegt – wie ver-steint – und –" der Amtmann hielt gewaltsam an sich – „ja, und hatten ihn doch sehr lieb!"

„Ja! ich will ihnen nicht Unrecht tun", beteuerte er heftig. „Aber ich hab's gesehen", keuchte er, „wie über das vertrock-nete Gesicht der Ältesten eine finstre Freude kroch, als sie sich bückte, um der Toten auch 'ne Hand voll Erde nachzu-werfen. Ich hab's – gesehen!" stieß er die Arme von sich und preßte die Daumen auf die geballten Finger, als wollte er et-was zerquetschen.

„Ja!" wiederholte er, sich mäßigend: „und hatten ihn doch sehr lieb –." Er senkte das Kinn auf die Brust und verstummte.

Es war wieder ganz still in der Stube; man hätte die Atemzüge zählen können, und des Amtmanns letzte Worte schwebten in dem Raum wie eine rätselhafte Frage.

Bis der Förster mit der Faust auf den Tisch schlug. „Hol der Maulwurf alle Spinnen!" fluchte er gerührt, während der Wirt achselzuckend die Handflächen aus einander breitete und gewichtig dazu nickte, als wollte er in Gnaden den Lauf des Schicksals bestätigen.

Den Buchhändler aber ließ seine Neugier nicht ruhen, und indem er seinen Freund sacht am Ärmel faßte, fragte er gespannt: „Und der Heinz?"

„Der?" erwiderte der Amtmann fast hart, „der ist erst

schwachsinnig und dann tobsüchtig geworden. Und da er im Wahnsinn einen Mordversuch auf seine älteste Schwester verübte, haben sie ihn ins Irrenhaus gebracht, wo er gestorben ist."

Der Buchhändler war bei diesen Worten erschrocken zurückgewichen und verhielt sich einige Minuten ruhig. Es mußte ihm indessen an der Geschichte seines Freundes wol noch immer etwas fehlen oder nicht gefallen; denn er machte bald aufs neue ein unbefriedigtes Gesicht und rutschte ungeduldig mit den Armen hin und her. „Und die Schwestern?" fragte er endlich kleinlaut.

„Die Schwestern?" gab der Amtmann unwirsch zurück. „Ja – ich habe nach etlichen Jahren, als mein Vater und mein Bruder an der Cholera starben, unser Gut da oben verkauft; und hier unten in der Mark hatt ich mehr zu tun, als mich um deren Wohlergehn zu kümmern. Doch hört'ich sie, vor ein paar Monaten, so gelegentlich, von einem Pfarrer aus der Gegend, als fromme Wohltäterinnen rühmen."

Dem Buchhändler schien die Art, wie sein Freund heut erzählte, garnicht zu behagen, wenn er auch keine weiteren Einwendungen von sich gab. Dem Wirt aber fiel etwas Wichtiges ein, nach seinen Geberden zu schließen; denn er ließ die Unterlippe hängen, wie ein Eierkuchen übern Rand der Pfanne kippt.

„Die Herren haben ja ihr Bier ganz warm werden lassen!" stöhnte er vorwurfsvoll, indem er sich erhob.